OHSAMA BUNKO

ひとり、思いきり泣ける言葉

吉元由美

三笠書房

あのね、涙をいっぱい溜め込んでいると風邪をひくのよ。
咳も出るわ。関節も痛くなる。そういうのはね、
薬を飲んでも治らないの。心と体はつながっているの。
泣きたいときは思いきり泣かないとだめよ。病気になるわ。
もしも誰かがいて泣けないのなら、
トイレでもお風呂でもいいの。涙を溜めないでね。

大人になること、心が成長するということは、〝小さな悟り〟の積み重ねではないかと思うのです。もやもやしていたものが、ある瞬間にふっと軽くなる。「そっか。そういうことだったんだ」。私たちは無意識のうちに求めていた言葉に触れたとき、ほっとする一方で心の高まりも感じます。そんな心の弦を弾くような言葉に出逢ったとき、それは大切な友達のような宝ものになるのです。

傷ついた自分から立ち直るために必要なこと、悲しみや淋しさという荷物から解放されるために必要なことは、思いきり泣くことです。ひとりでも、誰かの胸の中でも。涙には不思議な浄化の作用があります。涙をたくさん流すこと、つまり体から悲しみ、淋しさといった感情を涙という形で流してしまうことで、ずいぶんと心は軽くなる。そして、流した涙を天にお返しする。捨て去ってしまうのではなくて。そんな気持ちも大切だと思うのです。

　これまで書いてきたいくつもの作品の中から、ぽろっと珠のようにこぼれ落ちた言葉。森の中を散歩しているときや、日常の中でのちょっとした悟り。それらがハスの葉っぱの上で、水泡が集まって丸い雫《しずく》になるように、一冊の本になりました。

　変わっていくもの、変わらないもの。変えたくないもの。生きている喜びも、生きていく淋しさも苦しみも、感謝の気持ちも、自分たちが生きていることの証しのように生み出されてきたもの。私だけのものではない、それらがどこかで誰かへとつながっていけばいいなと、願うのです。

吉元由美

C O N T E N T S

本文イラストレーション　水上多摩江
本文デザイン　高橋雅之
（タカハシデザイン室）

Chapter 1

片想いの、その後

恋はいつも、さよならよりせつない。

まっさきに、聞いてみたいこと

ねえ、私のことどのくらい好き?
このくらい。彼は両手を思いっきり広げる。
それだけか。
私はがっかりしてみせる。

Chapter 1

「好き」なのに、なぜ？

こんなに好きなのに、
どうして好きなだけではいられないのでしょう。
恋しさは淋しさによく似ていて、
逢いたい想いも淋しさに似ていて、
私ひとりを見つめてほしくて、
愛する人をひとりじめしたくなって。
やがて淋しさからやきもちが生まれて。
そんな恋の渦巻きに巻き込まれそうなとき、
やきもちなんて知らないよ、
と、見上げた空の青さがなんだか悲しい。

恋するカラダ

彼と会うようになって、私の心が
少しずつ柔らかくなっていくのがわかった。
常にとくとくと心臓の音が聞こえて、
心は体につながっているのだと改めて気づかされた。

はじまりは、突然

大好きな人の瞳の中に
とまどう自分を見つけたとき
流れの速い川に押し流されていくような感じがした
片思いでなくなったとき
そんなふうに喜びと悲しみが同時にやってきました
私は流れに逆らって
水面に張り出す枝をつかもうとするけれど
指先に弾けて小さな痛みが残るだけ

Chapter 1

だけど同じ流れの中にいるあの人を見つけたとき
私はあの人の気持ちを知りました
思わず手を差し伸べて
水の中でキスしました

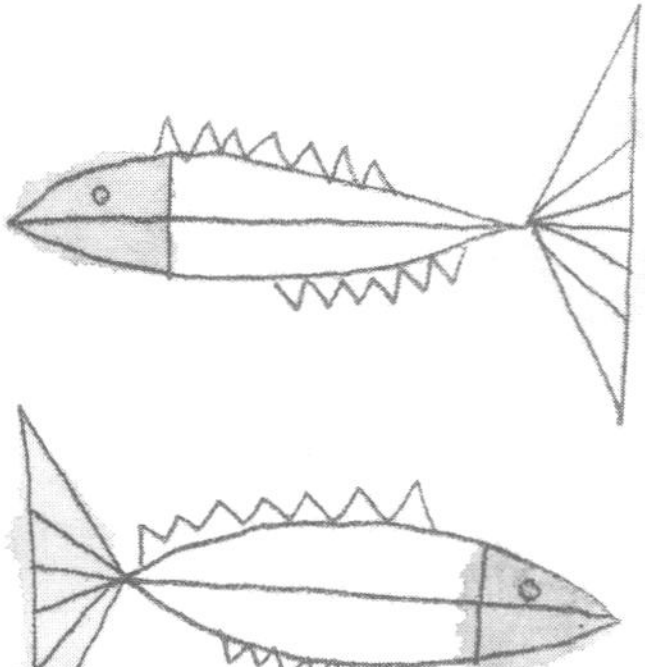

あなたと分かちあえないこと

恋とはそういうものなのかもしれない。ふたつの心と体が触れあうときの、決してひとつにはなれないもどかしさ。愛している、愛されているということを、言葉でも態度でも表しきれないもどかしさ。そんなもどかしさが、ときどきほのかな淋しさになって私の胸を痛くする。

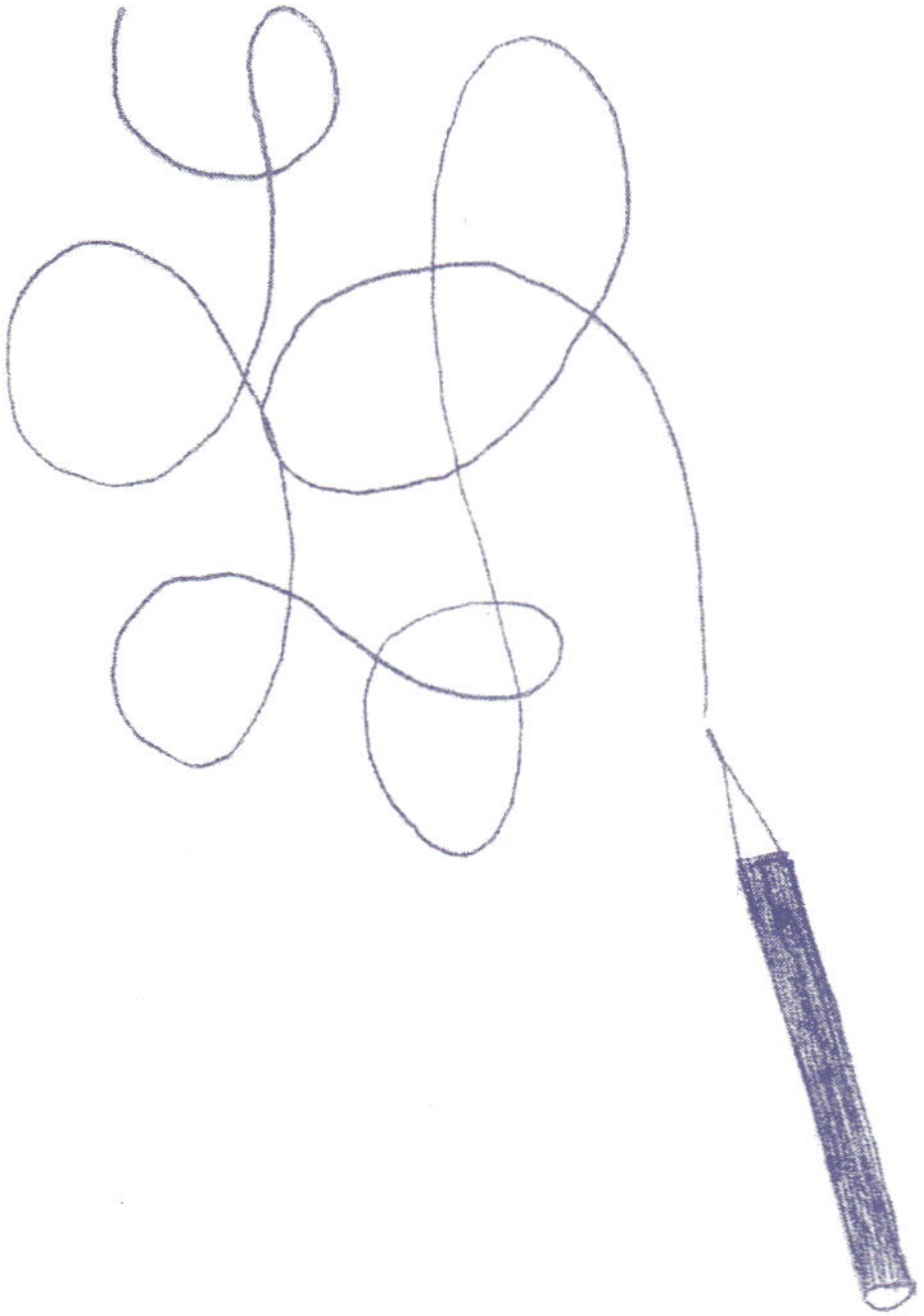

「せつなさ」の正体

せつなさというのは不思議な気持ちだと思う。淋しさや悲しさのようにわかりやすくはないし、言葉で説明を求められてもはっきりと答えられないから困ってしまう。それに人によって受けとめ方もさまざまで、ある人は淋しさによく似た気持ちかもしれないし、ある人にとっては悲しみのひとつの形になっているかもしれない。

Chapter 1

私は……と言うと、これがとても曖昧。たとえば触れられそうで触れられない、その指先と何ものかの距離をせつなさと呼ぶのかもしれない。

抱きしめているのに、どうしても手に入らないもの。ひとつになりたいのに、決して体も心もひとつになれないこと。取り戻せない時間。なのに昨日のことのように輝いている出来事。そんなどうにもならない何ものかとの隙間が、とても愛しくて、とても素敵で、とてもとてもせつない。

時の流れという縦糸と、いろんな出来事や気持ちの横糸が描くつづれ織り。せつなさは言葉では表せない。ただただ、心にしんと感じるもの。

Chapter 1

今度の恋は、違う

「そんなにしあわせな気分は最初だけよ」

誰もがよく言うけれど、恋のはじまりにいる女たちは何回か恋をしたことがあるくせに、今度だけはきっと違うわと心の中でつぶやくのだ。

気持ちの量

昔、亡くなったおばあちゃんがよく言っていた。

「自分が思っているほど、人はあなたのことを思ってはいないものよ」

あの人もそうなのだろうか。

Chapter 1

「優しい」という罪

柔らかいとげが指先を刺す。ぷちんと指先が赤く滲《にじ》む。
それは恋に似ている。優しさにどうしようもなく傷つい
てゆく恋に似ている。

あなたに会えない時間

会えない時間、私は少しずつねじれてゆくような気がしていた。自分の想いが果てしのない暗闇へねじれながら流出し、気がつくともとの場所に戻っている。それはまるでメビウスの輪のようで、私はその上をよたよたと歩いているのだ。

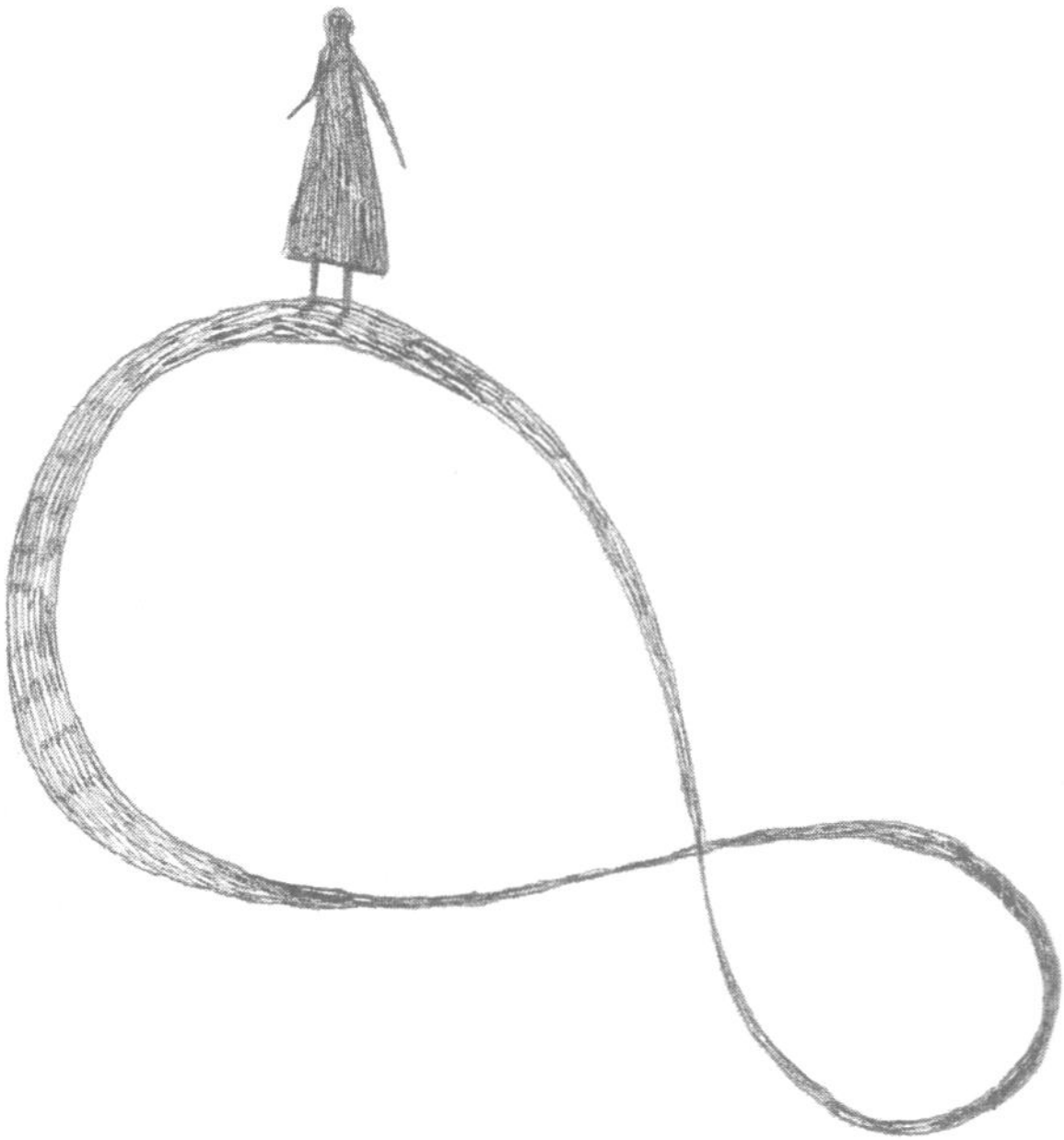

出せなかった手紙

花が好きだと言っていたから
旅の途中で花ばかり見ていました

ワインが好きだと言ってたから
食事のたびにワインを飲みました

そしてあなたを思い出していました
そして１００回くらい
好きだなぁ、と思いました

Chapter 1

最果ての島に虹が架かっていました
こちらの岬とあちらの岬を結ぶように
それは見たこともないほど大きな虹
青と白の絵の具を溶かしたような空が
海を包み込むように広がっていました

そしてあなたに手紙を書きました
そして行と行の間で
大好き、大好き、とつぶやきました

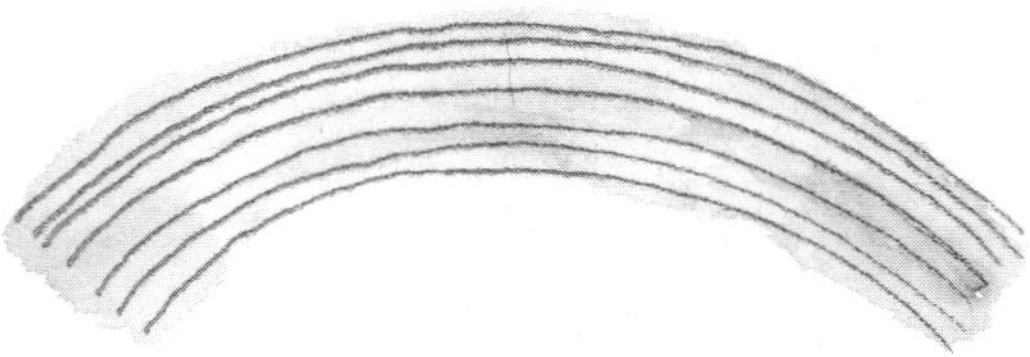

Chapter 1

ちょっとしたすれ違い

愛し合うということを、ときどき不思議に思う。おたがいに求め合っていても、その強さは微妙に違う。きっとその差が淋しさだったり、せつなさだったりするのだろう。

恋をすると淋しさがよく見えてくる。たぶん、それはちょっとしたきっかけで反比例し、そして正比例する。

わがままを言えるなら

手を伸ばしてあなたがいたらいいけれど
声をかけてあなたが答えてくれたらいいけれど
手紙を書いて返事が来たらいいけれど
ときどき私のことを思い出してくれたらいいけれど
名前は忘れてしまっても
顔を覚えていてくれたらいいけれど
私と似た人とすれ違って、
誰だっけと立ち止まってくれたらいいけれど
私にいつか出逢ったときに
はじめましてと言ってくれたらいいけれど

Chapter 1

愛するということは
愛するということ
とてもシンプルなこと
私がただあなたを愛するということ

片想いは至福の時間。あなたがそこにいてくれるだけでいい……。それだけを願えるなら、これほど純粋になれる時間はないかもしれません。似ている背中に振り向き、何を見てもその人を思いだす。美しいものに心は震え、音楽は心の奥まで響き、染みる。もしも、あなたがそこにいてくれたらそれだけでいい……ただただそう思えるなら、片想いは手放しがたいものかもしれません。

けれど、人の心は川の流れのように留まることを知らない。片想いのその先がほしくなります。自分の気持ちを伝えたいと思うようになるばかりでなく、わかってほしい、受けとめてほしいと望むようになるのです。それは苦しくて、少しせつない。けれどそんな感情も、心を育てる素敵なレッスンになるのです。片想いも相思相愛の恋も、見つめるのは相手ば

Chapter 1

かりではないのかもしれません。もしかしたら見つめている相手の向こう側に、自分の心を見てしまうのでしょう。

情熱という名前の刃《やいば》を振りまわすように恋をしていた頃を過ぎると、誰にも告げず、相手に何も告げないまま人を愛することができるようになるものです。

その人の家のそばを通ると思いだし、電話で話す機会があれば少しばかりどきどきしながら話してる。誰に嫉妬するわけでもなく、ただただその人を思い、幸せであってほしいと願う。そんなふうに誰かを想うことができたとき、私は自分が少しは大人になったと思いました。そして、通り過ぎたいろいろな出来事が、色あせることなくそれぞれの時代で輝いていたことを知ったのです。

Chapter 2

初めてキスを交わしたときから

「選ばないとなくすのよ。今、目の前にいる人を」

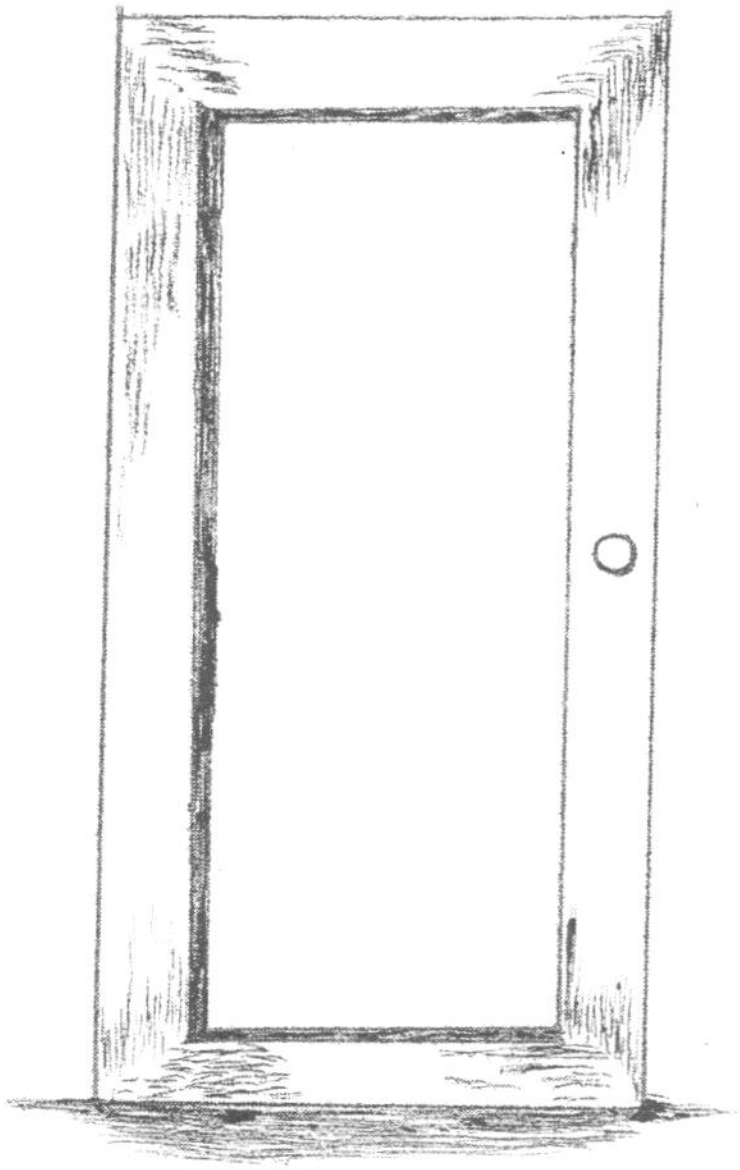

気持ちの扉を開く鍵

世の中のルールのようなものが、私の気持ちに鍵をかけて閉じ込めていた。その鍵が、彼の言葉によって開いただけのことなのだ。私たちはこうして恋に落ちた。

誰かと交わす初めてのキスというのは、ひとりからふたりになるための扉を開ける鍵のようなもの。くちびるを重ねた瞬間からふたりは〝始まっちゃう〟のだ。

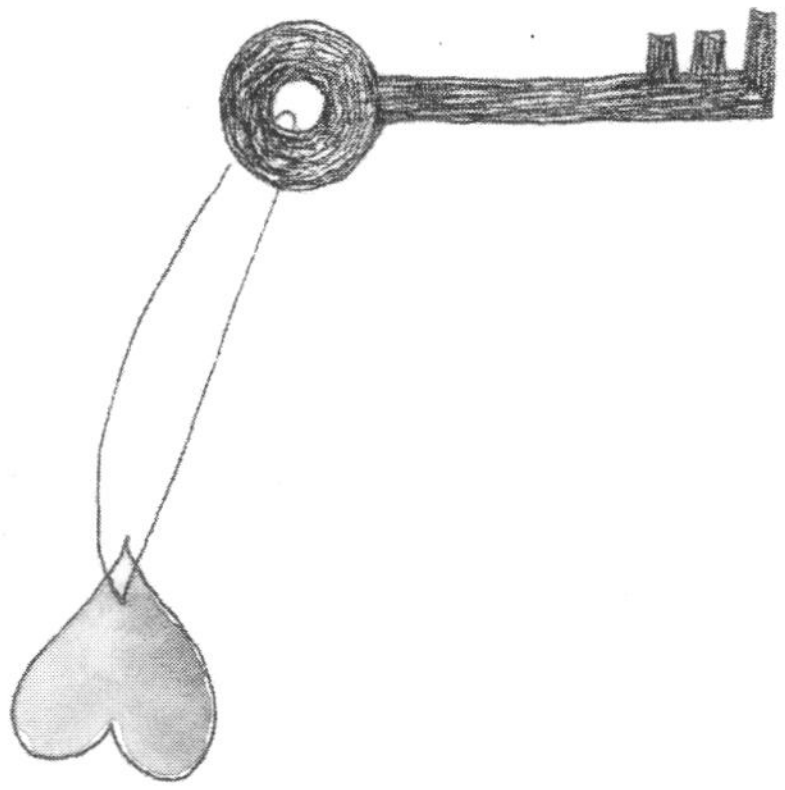

逢いたくてたまらない

どしゃ降りの雨の向こうにあの人の部屋が見える。逢いたくてたまらなくて、ここまで来てしまった。この想いを、誰も止められない。世界中のどんなルールも、ふたりの前では色あせていた。

Chapter 2

まだ、隠しておきたいこと

「雨が降ってるの？」

彼の指が私の髪の先に触れた。私は胸が大きく打つのを感じた。その音が彼に聞こえたのではないかと、一瞬テーブルの上に置いてある灰皿に目を移した。

彼のものになる

誰かを好きになり、だんだんとその人のものになっていくということは、その人のいろんなことに慣れていくことに似ている。たとえば電話をかけてくるその人の声に慣れ、車に慣れ、手の大きさに慣れ、シャツの匂いにも慣れていくことなのだと思う。

運命のうれしい悪戯

「出逢って恋をしていろんなことがあって、それでふたりが今の自分を好きだって言えるのって何だかすごい。うれしいことよね」

きっと私たちはうまくいく。こんな広い世界の片隅でめぐり逢えるなんて。たったひとりを選び合って。まるではるか昔に約束をして生まれてきたように。

Chapter 2

世界中でふたりきり

雨の日に、部屋の中にいるのが好き。あなたと閉じ込められるように部屋にいるのはもっと好き。もうひとつわがままを言えるなら、そのまま時が止まってしまえばもっと好き。

こんなに寒い冬の日に、ぬくもりを分けあう人が隣にいるということのほかに、どんな幸せがあるというのだろうか。だから、このまま時を止めてしまいたいという思いを許してほしい。

親愛なる「彼」へ

ボーイフレンドは愛にいちばん近い友だちだ。永遠に打ち明けることのない気持ちを、少しずつ微笑みに閉じ込めながら……

たった一度だけ

あなたのことを好きでいようと決めたら
とても穏やかな気持ちになった

友だちのままでいられませんか?
愛にいちばん近い友だちのままで

好きになってしまったことを
もう私の人生から消せないから
だから友だちのままで

Chapter 2

一度だけくちづけをかわし
一度だけ胸に抱かれて眠った
その短い時間の中で
何年も何十年も生きようと思った

シンプルでストレートな愛し方

その人を想う気持ち以外に何もいらない。そんな人にどうしてなれないのだろう。

好きだからいっしょにいる。それが始まりであり終わりなのかもしれない、と思った。
そのシンプルさがうれしかった。そのストレートさが強さだった。

Chapter 2

わかり合えないと言われている男と女の間で、それがいちばんシンプルな真実なのかもしれない。

恋人たちができうる最小で最大のこと。それは、ただおたがいを愛することだけ。

知ってる？

愛は、あなたと私のいのちの輝きに触れること。
愛はふたりの言葉なの。
ひとりではないのよ。ひとつなの。

Chapter 2

パンク寸前の心

あなたといる時間が長くなるたびに、
望みがひとつずつ増えていく。
もっといっしょにいたい、
もっと優しくしてほしい。
私の心は、ふたりが何もなかった頃、
ただ、好きだなぁと思っていた頃に
もう帰れないのだろうか。

ため息の理由

私の中で何かにカチッとヒビが入ったのはこの瞬間だった。

それは少し悪意に似ていた。

恋人が穏やかであればあるほど、胸の中でギリギリとしているじれったさを拭い去ることはできなかった。

悲しい疑問

誰かを好きになる気持ちなんていちばんシンプルなはずなのに、どうしてこんがらがってしまうのだろうか。きっとその森の空間は時間でできていて、みんなはそれを孤独と呼ぶのかもしれない。

私は今、恋をしている。その恋の行く手には霧が流れている。私はしあわせなのだろうか。悲しい疑問が心に滑り込んできたとき、窓の外の風景は私にとってとてつもなく荒涼としたものになった。

淋しい。またひとつ、私の心の中で言葉になった。

Chapter 2

愛の証し

私は彼のためにすべてを捨てられるかな？　捨てられないよ、と誰かが私の胸のずっと奥でつぶやいたのを私はちゃんと聞いていた。ただその言葉を表層に持ってくるのが怖い。

ささやかな抵抗

手に入れて所有してしまうと、いつかなくなるのではないかと不安になるものだ。だから必要以上のものを手に入れようとする。そんな人間の浅ましさが、どれほど多くのものを傷つけてきたことだろう。

Chapter 2

得たもの、失ったもの

大人になってゆくということが純粋でなくなることと同義語であった頃、過ぎてゆく季節の中でいろんな現実を乗り越えてゆくことは、少しずつたいせつな何かを失ってゆくことのように思えた。

情熱の行き場

「ほんとうにたいせつなものが見つかると、人は強くなれると思うの。たいせつなもののために自分の時間や情熱を注ぐことができるようになるの」

それが予期していたことでも不意なことでも、その人との初めてのキスはあるきっかけをもたらしてくれるもの。それはふたりの関係を一歩発展させるきっかけになり、恋人と呼ばれる関係になるための儀式になり、あるいは共犯者になった証しになるのかもしれません。明らかなことは、キスを交わす前と後では、確実に何かが変わっているということです。

何でもないふたりから恋人関係に移っていく時間は、飛行機が離陸する瞬間の高揚感に似ています。ふっと機体が大地から離れたとき、自分の体も共に浮揚する感覚があります。その瞬間の何とも言えない達成感のような、充実感と解放感は、「この人は自分の恋人なのだ」と十分に確認できた瞬間の気持ちの昂《たか》ぶりと似ているのです。よく「空を飛んでいるような気持ち」と、恋をしているときの心の状態を表現することがありますが、まさにその感覚。それは夢のような時間で、まるで地に足が着いていない状態なのかもしれません。どこか現実感を欠いているのです。そして、そこが、この瞬間の素敵なところなのです。だから大切にしたい。たとえ遊びのようなキスでもその瞬間が洒落ていたら、人生の、あるタイミングでの絶妙なスパイスにもなるのです。

たった一度のキスで十分に満たされる恋もあります。たとえば、恋をしてはならないふたりが交わしたたった一度だけのキス。そこから一歩踏みだすことも恋なら、それで引くのもまた恋なのです。せつなさと共に満たされて、お互いの気持ちを確認しあえただけで十分な、そんな恋も恋なのでしょう。どちらにしても、キスは恋の封印を解く不思議な魔法にもなれば、永遠に恋を封印する魔法にもなるのです。

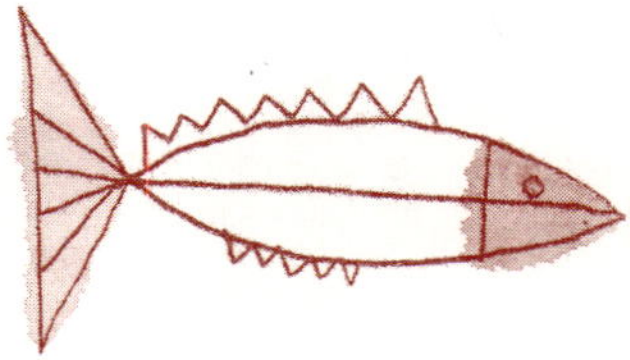

Chapter 3

ひとりぼっちを我慢できない夜

悲しすぎると涙は出ない。
涙をとうに超えてしまっているのだ。

孤独の呪縛

たとえばそれは海の底のような感じ。たとえばそれはトンネルの中のような感じ。または井戸の底にいるような、森の中に置き去りにされたような。もしかしたら広いスクランブル交差点の真ん中で、信号が赤に変わってしまったときのような感じかもしれない。

孤独はときどき、金縛りのように私を動けなくする。ただじっと、

Chapter 3

どこへも行けずに、ただそこにいる。頭の中ではそんな状況を抜け出す答えを探すのだけれど、こんがらがった思考は重りのように私をその場に縛りつけようとする。

　けれど心のどこかでわかっているのだ。海の上は光に満ちていること、終わりのないトンネルはないこと、森の出口はどこかにあることを。それは暗幕に開いた針の穴くらいの小さなほころびからひとすじの光が射し込むように、私の心にささやかな希望を与えてくれている。

だから思いきり孤独を味わえるのかもしれない。そして味わえるからこそ、いつか重りのような孤独の呪縛を振りはらえるのかもしれない。

Chapter 3

自分に足りないこと

立ち止まって考えてばかりいるから、どこへも行けないのだろうか。私はどうしてそれを自分のこの手でぐっとつかみ取ることができないのだろう。

「その先」を教えて

人間はみんな孤独なんだ。かならず誰かがわけ知り顔で言う。そんなことはわかっている。わかりきっている。私はそれからのことが知りたいのだ。みんな孤独なら……その孤独を抱えながらどうやって生きていけばいいのか。私の知りたいのはそういうことなのだ。

Chapter 3

ここが、「しあわせ」の始まり

それはどちらも小さくて
どちらがどちらだか見間違うほど
どちらかが輝いているわけでもなく
どちらかが重たいわけでもなく

それはごくありふれたけしの実のような小さな種

じつはふたつは同じもの
花が咲かなくては何の花だかわからない
きっとそんなようなもの

しあわせになりたいと思ったときから
しあわせは始まっている
だけど手のひらにのっかっているこの種が
どちらの種だかわからない

私はときどき弱くなって
しあわせをあきらめそうになる
すると美しくたおやかな芽は
あきらめのかたちに変わってしまう
だけど決して踏みつけないで
夢という名の光と水で
しあわせの芽に変わるのだから

Chapter 3

いろんなことがあるけれど
可憐な花を咲かせましょう。

「もうダメ…」なはずはない

もしも私が人生に絶望し、もう生きていくのがつらいと思っても、カーテンの隙間から差し込む光のような希望を持てたらいい。重なり合った葉の隙間から見える青空のような希望が持てたらいいと思う。きっと希望とは壮大なものではなく、日々生きていくことを勇気づけるささやかなものなのかもしれない。

涙以上の悲しみ

悲しすぎると涙は出ない。そのかわりに、涙の海に浮かんでいるのです。
溺れないように気をつけながら、ただただ浮かんでいるのです。

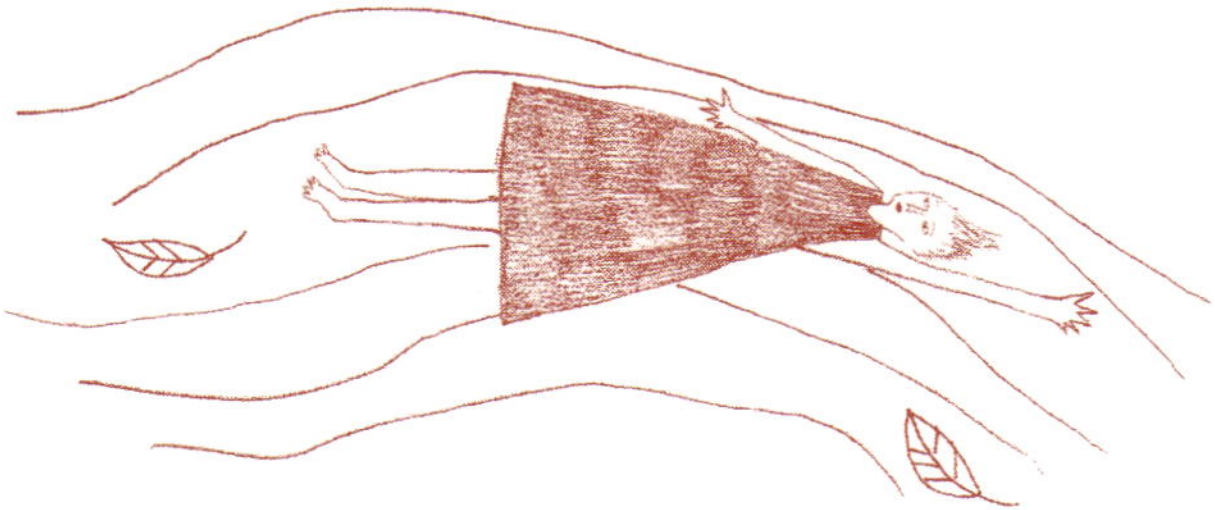

しゃがむ時期

「今までの自分を低く評価したらだめよ。ああいう人生があったから今があるのかもしれないわよ。苦労はね、ジャンプするためにしゃがんでいる時期だってこと。損をするのはね、そういうことに気づかずに自分を犠牲者のように感じて満足してることを言うの」

Chapter 3

交差点はキライ

「たとえば渋谷の駅前の交差点。私、あそこを渡るのキライなの」

「何でまた？」

「蟻の大群みたいに大勢の人がいるのに、私を求めている人も、私が求めている人もいないんだと思うと、とてつもなく悲しくなるのよね」

ココロの感度

心のしくみは不思議だ。脳にたくさんの襞《ひだ》が刻まれているように、心にも細かい襞が刻まれている。その繊細さ、傷つきやすさ。そして、絶望を乗り越えて生きていこうとする力強さ。そんな再生しようとする魂の力強さに、私はいつも胸が熱くなる。

人はやはり繊細であったほうがいい。人の気持ち、優しさやせつなさ、自然の息吹きを体全体で、心全体で感じられたほうがいい。そして繊細な心をたくさん集め、それらを束ねて太い幹のようにできたらいいと思う。

Chapter 3

黄昏の空の下で

次々と灯る街の明かり。この街のどこかに私を必要としてくれる人がいるのだろうか。私が誰かを必要としているように。胸の底から淋しさがわいてくる。黄昏の空をやがて闇が覆い尽くすように、このままではいつか淋しさが心を覆い尽くしてしまうのだろう。

眠る前に考えること

スタンドの明かりを消すと闇と静寂が訪れた。耳の奥か、どこか遠くでかジーというかザーというかそんな音がしていた。小学生になって初めて自分の部屋を持ったとき、こんな音を聞いたように思う。小さな私にとってそれは少し怖いものだった。死んでしまったあとの世界の暗闇……眠ることは少し死ぬことに似ている。私は眠りの糸口を探しながらそう思った。

耳を澄ませば…

風の音と雨の音はよく似ている
ひとりでいると怖くなる
それが真夜中だと泣きたくなる

Chapter 3

いくつになっても探してるのは

ひとはみんな孤独なもの
……という Theory の向こう側にあるもの
私はそれを見つけるために
生まれてきました

体温のない世界

あまりに淋しすぎると、人はそれ以上感じないように心を守ろうとするものだ。


「やっぱり会わなくちゃだめね」

「顔を見て話さないとだめね」

会えない時間に愛を育てることもできる。でも、自分の作り上げた悲しい物語の主人公になってしまうこともある。けれどその世界には体温がない。

Chapter 3

三パーセントの孤独

たぶん人間の心の中には、自分でも手の届かない底なし沼のような場所があり、眠っていた感情、または昇華《しょうか》しきれなかった心の澱《おり》のようなものが、ある瞬間に吹き出すことがあるのだろう。

ふたりがずっといっしょにいるために、九十七パーセントのものを分けあおう。そして三パーセントのそれぞれの孤独をたいせつにしよう。

淋しさを飼いならす人

秋の終わりではなかったかと思う。ビルとビルの間に沈んでゆく、赤く枯れたような夕陽を見たアメリカ人の友人が、「こんな風景、何だか淋しくなるなぁ」とつぶやいたことがあった。思わず「アメリカ人でも夕陽を見て淋しくなることがあるの？」と聞くと、「そりゃあるよ。失礼だなぁ」と彼は少し憤慨していた。

淋しさは、まるで隙間風のように心に入り込む。そのまま通り過ぎてくれたらいいけれど、心の片隅で小さな渦になり、ときどきそこを栖《すみか》としてしまう。

Chapter 3

淋しさに心も体も乗っ取られては困るし、「ひとはみんな淋しいものよ」と断言されてしまっても困ってしまう。けれどなぜかその感情を嫌いではないのだ。しあわせや喜びは何となく想像できる。でも淋しさはどうだろう。淋しい人に向かって、「わかるわ」と心から言ってあげられるだろうか。私にできることは、ただ隣にいて手を握ってあげることくらい。淋しさが嫌いではないのは、その向こう側にあるささやかなぬくもりの美しさを知っているから。

ひとりだけど、決してひとりきりではないと信じているからなのだろう。

黄昏どきはなぜ人を淋しくさせるのでしょう。昼と夜が溶けあう微妙な時間。夕焼け空がやがて青い闇に覆われていく様子を見ていると、忘れていた想い出がよみがえったり、今ここにひとりでいることが心に迫ってくるものです。誰かと一緒ではないという所在なさに、途方に暮れてしまうのかもしれません。不思議なもので、黄昏どきというのは恋人がいてもいなくても、人をうら淋しい気持ちにさせるものです。

そう、ずいぶんと昔の話。秋になり日が短くなる頃、何か……自分も含む世界が黄昏ていくのをただ眺めていた。それは淋しさを呼び起こし、せつなさの琴線を弾《はじ》きました。黄昏ていく世界の中で、自分はいったい何なのだろう……。愛する人と自分を重ね合わせながら、長い夜を連れてくる黄昏の紫色に包まれたものでした。そんな気持ちになるのは、誰かを想っているからなのです。

愛する気持ちと憎む気持ちが裏腹であることに気づいたのはいつのことだったでしょうか。自分が愛する気持ちと同じくらい愛してほしいと願い、かなえられなかったときの絶望感。それは憎しみにすり替えられていくのです。そして同時に、愛することの孤独を感じずにはいられない。愛しあうのはふたりの作業でも、愛するというのは自分だけの心の中での作業。ふたりでいても孤独なことはあるのです。

孤独は心を強くする。淋しさにまかせて誰でもいいから誰かと一緒にいたいと望むのか、孤独によって自分の弱さを見つめ、心を磨き、本当の恋をつかんでいくのか。淋しさを味わうことも恋の一部なのかもしれません。

Chapter 4

ちょっぴり自信をなくした日には

近すぎて見えない奇跡があるね。

出会いの確率

人がめぐり逢って結ばれるのは、とても不思議。

今、私が見ている星の数以上の人間がこの世界で生きている。その中のたったひとりに出逢って、愛し合って結ばれる。なんという奇跡。それを考えただけで、私はまた衝撃を覚えた。

Chapter 4

for you…

自分のためだけでなく、他の誰かのためにも生きることができるようになったときに、たぶん人は優しくなれるのだろう。

居心地のいい場所

楽園は私の胸の中にある。あなたのことが大好きでたまらない、この胸の中に。

聖なる場所は雲の上や天国にあるのではなく、自分の立っているこの場所であるはずなのに、どうして人はそのことを忘れてしまうのだろう。

今、そばにいてほしい人

私が今いちばん会いたい誰かはここにいない。それが誰なのかを私は知らない。でもこの世界中で私はたったひとりぼっちだと落ち込んでしまう前に、私は信じたいのだ。どこかに私と誰かの場所がある。この空の下の、この夜のどこかに。

Chapter 4

ネガティブの罠

出逢ったことに意味があるのなら、こうしてふたりの間がぎくしゃくしてしまったことにも意味があるのだろう。なぜ自信をなくしてしまうの？　自分が小さい人間だって、なぜ思い込んでしまうの？

こらえきれない〝痛み〟には

私は誰かと別れたときに、もう誰とも別れたくないと思う。

次に出逢う人とは決して別れたくないと。

それでも人と人は別れていく。だけどそれは聖なる奇跡が壊れてしまったことではないのだ、と私は思う。

奇跡は奇跡として、ちゃんと存在している。

私たちの心の中に。

Chapter 4

言葉を必要としなくなる日

多くを語り合わなければわかり合えない人たちや、多くを語り合わなければならないこともあるけれど、言葉が少ないのはいいな、と思う。少ないぶん、その気持ちは無垢《むく》なまま伝わるからだ。

気持ちを伝え合うのは、決して言葉だけではない。もっとたいせつなもの。それは目に見えないエネルギーのようなもの、バイブレーションとなって伝わってくるたいせつなもの。いつか人間が言葉を必要としなくなる日がくるかもしれない。

「ありがとう」の魔法

外国に行くときに、まず頭に入れておくのは「ありがとう」と「こんにちは」。そしてその次くらいに「さよなら」を覚えておく。旅行中に何度それらの言葉を使うことか。ところがいつもはどうだろう。「ありがとう」や「こんにちは」は「どうも」などという曖昧な言葉で済ませてしまうし、「さよなら」は「じゃあね」にすり替わってしまう。

Chapter 4

言葉が簡略化されていくのは少し淋しい。「どうも」に心からの感謝はこめられない。命拾いをしたわけではないけれど、ある頃から生きていることがありがたくて、生まれてきたことがうれしくて仕方なく思うようになった。「ありがとう」と言うとき、本当にありがたくて、しあわせな気持ちになった。そんな気持ちになったとき、「ありがとう」という言葉に命が吹き込まれたような気がしたのだ。命を与えられた「ありがとう」には羽が生えていた。軽やかに人々の間を飛び交ううちに、素敵な結びつきがどんどんできていく。

ちょっとした優しささやかな愛はとてもうれしい。だってそれは相手から私へと向けられたものなのですから。言葉にはね、やはり言霊《ことだま》が宿っているのです。

Chapter 4

感情のバイブレーション

愛されているという自信がそのオーラを作るのだろうか。きっと優しい感情がそれを織りなすのだろう。誰かを想う気持ち。そして想われている喜び。それらの感情は美しい色のバイブレーションとなって、その人を包み込む。

世界で一番素敵な言葉

ハワイ語の辞書を読んでいたのだけど、素敵なのはネガティヴな言葉が少ないこと。そしてネガティヴ言葉の多くは、外来語であること。ポジティヴな言葉だけで人間て生きていけるんだよね、きっと。

失敗をしたり、悲しいことがあったとき、人は自分という存在の小ささを思い知らされるものです。自分のことがちっぽけに思え自暴自棄になることも。ネガティブな思考に陥り、悶々としながら考えを巡らせるのは案外容易なことです。解決方法は見つからないとわかっていても、上がりのないゲームをしているみたいに同じ場所をうろうろしてしまうのです。

たとえば、小さな生き物が黙々と自分たちの営みを行なっているのを見て感動することがあるでしょう？　小さくても完璧な生命としてのメカニズムを備え、自然の法則に従って生きているのを見るとき、私たちは命のすばらしさを感じずにはいられません。

それなのに、自分の命のすばらしさについて感動することは本当に稀《まれ》です。あまりにもあたりまえのように自分の肉体を考えている。

命のシステムは完璧です。私たちは神様にしか創造できない体を持ちながら、感謝することを忘れているばかりか粗末にもしている。肉体に宿る魂。それこそが今生きている自分の核であることを思いだしてみるのです。肉体が傷を負えば、体中の機能が総動員して傷を治そうとするように、傷ついた魂も再生する力があることを信じたいと思うのです。

満天の星空を見て、まだ十代だった私は自分がこんな広い宇宙の一部であることをとてもうれしく思いました。この命はとてもちっぽけには思えなかった。落ち込んだときは、あの星空を思いだします。そして再生できる時期の訪れを静かに待とうと思うのです。

Chapter 5

愛する人と別れた翌朝

「幻だっていいじゃない？　夢を見なかったり恋をしないよりも、幻でも恋をしたほうがいいと思うわ」

いなくなった、あの人へ

恋が終わって思う。いちばんたいせつだったのは、私が彼に愛されたことではなくて、私が彼を愛したことだった。

だから、彼が誰かに必要とされてその人を選び、私のもとを去って行っても、私の気持ちは変わらない。

Chapter 5

恋の数だけ…

忘れてはならないのは、恋の数だけさよならが存在するということ。
人は出逢いの数だけ別れの涙を流している。

泣く理由、泣かない理由

こぼれ落ちる涙を止めようともせずに、
私はただ泣いていた。
それはたいせつなものを失ってしまった悲しみの涙ではなく、別れてしまった恋人への感謝の涙だった。

ときどき涙は暴力になる。泣いたら彼を困らせるだけ。これでふたりが終わってしまうなんて信じられなかったけれど、私はじっとこらえていた。それは私のプライドだったし、彼に対する最後の思いやりだった。

Chapter 5

空中爆発

恋をしたての頃は、待ち合わせの場所に彼が来ただけで胸がいっぱいになったものだ。彼の顔を見ただけでそれこそ涙が出そうになった。だけど恋が終わる頃は、伝えたい言葉が胸につかえて涙になった。そしてその想いが空中爆発するように、私たちは別れたのだ。

言いたくて、言えなくて

言いたかったこと、言えなかった言葉が私の心の中にたくさんあった。その言葉たちは心の隅でほこりをかぶっていたけれど、決して消えることはなかった。

彼にありがとうと言えたことで、私の心の中からひとつ荷物を取り出せたような感じがしていた。

Chapter 5

魔法が解けた瞬間

恋を失っても、人はちゃんと生きていくのだと改めて思う。どんなに悲しくても朝は訪れる。どんなに淋しくても一日の長さは変わらない。そんなあたりまえのことでさえ今の私には不思議に思えたし、どこか感動的だった。さよならというひとことで場面が変わる。まるで魔法が解かれたように、目に見えるすべてが違って見えるのだ。

別れの翌朝

好きな人と別れた翌朝、世界は見事に色あせて見える。
恋人の言葉、そして表情。
思い出すたびに深い谷底へと突き落とされるような
気持ちになるのに、
ふと気づくとまた思い出している。

すべて失ったあとには…

別れの感情ほど複雑に入り交じったものはないだろう。そこにはほとんどすべての感情が存在する。悲しみ、淋しさ、せつなさ、やりきれなさ。そして微かな喜びも。すべてを失った悲しみの片隅で、また誰かと出逢えるという喜びがあることも魂は知っているのだ。

新しい恋をはじめる前に

恋人と別れることで恋が終わるのではなく、自分の気持ちを正直に見つめ直すことができたときにはじめて終わるのだと思う。そして生まれ変わって、また新しい恋と出逢えるのではないだろうか。

Chapter 5

恋でも、友情でもなく

恋の向こう側はさよならだけではない。愛にいちばん近い友情が、別れたふたりを育ててゆくのだろう。そしてそれはたぶん、一度愛し合って傷つけあった者どうしだけが分けあえる優しくて洒落た関係なのだと思う。

「傷つきたくない」

たしかに恋をするのが怖かった。なぜ怖かったかといえば、傷つくのが怖かったのだ。だけどそれは傷つく前にすでに傷ついていることではないだろうか。私は、まだ起こってもいない未来にもう傷ついている。

Chapter 5

別れずにすむ、たった一つの方法

愛している誰とも別れたくない。別れるなら自分が先に逝《い》ってしまいたい。ずっと小さいときからそう思いつづけていた。

「ひとり」に慣れる

恋人との別れを考えるとき、それは死ぬことによく似ていると思う。淋しさを弔《とむら》い、涙を鎮《しず》め、思い出を抱きしめる。私たちはそれを繰り返しながら喪失感に慣れてゆく。

Chapter 5

ときどき、確かめたいこと

たったひとりになってしまっても、どんなに淋しくても、ふたりで過ごしたあの時間の中では愛されていたということをときどき確かめたくなる。時の流れというのはとても不思議。気持ちだけをその瞬間に閉じ込める。見えない力に正直だったから、変わっていく心をふたりは止められなかっただけ。

悲しいときは、確かに愛しあっていた頃のことを思い出す。それは金色の木もれ陽のような希望を与えてくれる。

あたたかいダイアローグ

「この主人公、ほんとに悲しいね」

「悲しくなんてないよ。それだけ人を愛せたんだから幸せなんだ」

声に出して泣いてみると

優しさと同じくらいの孤独がある。
私はやっと解き放たれて、
泣くことができた。
声に出して泣いてみると、
悲しみなんて案外早く癒《いや》されるのかもしれない。

Chapter 5

復活のサイン

恋を失ったとき、もう二度と恋なんかできないと思うものだ。荒廃してしまった心に、あの恋のはじめのときめきが芽生えるとはとても思えない。だけど人はそれほど弱くない。治癒力を信じて静かにひとりの淋しさを味わってみることだ。

人はやがて失った状態にも慣れていく。

悲しいなぁ、淋しいなぁ、と感じながらもちゃんと生きていける。

ちゃんとお腹も空き、いつのまにか眠り込んでいる。

人は自分で思っているほど弱くはないのだ。

恋は、夢見ることにとても似ている。愛する人と別れた翌朝、誰もが夢から覚めたようにこれから始まる現実に直面するものです。ああ、やっぱり別れてしまったのだ……。日常生活のふとした隙間に、何度も思いだし、自分に言い聞かせている。恋をした瞬間に世界が〝ばら色〟になるのと同じくらいの変化で、別れもまた世界を一変させてしまう。その厳しい現実の中で、もう一度自分を建て直していくのです。

いろいろな別れがあります。幸せの色はひと色でも、不幸の色はたくさんある……という言葉の通り、別れにはさまざまな理由があります。傷の大きさも悲しみの深さも、それによってさまざまでしょう。大嫌いになって別れるのならともかく、別れの後に襲ってくるのはとてつもない喪失感。心のいちばん近くにいてくれた人が、自分からいちばん遠い人になってしまうのですから。ぽっかりとクレーターのように開いてしまった穴をどう埋めていったらいいのか。あまりにも所在なくなってしまった自分の身の置きどころを探し、途方にくれてしまうかもしれません。

別れは死によく似ています。「ああ、もう会えないんだ」という失ったことへの思いは、繰り返し波のようにやってきます。そして淋しさ、孤独、悲しみ……を少しずつ弔いながら、やっと一歩踏み出せるようになるのです。

弔いは、癒すこと。淋しい自分と向きあい、別れた悲しみを味わい、それでもすばらしい日々を一緒に過ごせた恋人に感謝し、別れた意味を胸に問いかけるうちに、傷は少しずつ治癒していくのです。そんな感情を昇華し、天にお返しできたときに、また誰かを愛せる自分になっていることでしょう。

Chapter 6

あとから、あとから、溢れでる思い出

たとえば突然海を見たいと思ったとき、すぐに電車に飛び乗れる勇気がほしい。私の中の十七歳は、今でもそうつぶやいている。

恋人たちの贅沢な時間

あなたと砂浜で膝を抱えて海を見ていた。ずっと海を眺めながらいくつもの言葉が胸の中を通り過ぎていくけれど、寝返りを打つように反射する光の波の美しさに、ただ見とれていた。こうして言葉もなく海を見ていられるほど、ふたりは恋人同士として成熟したのだと思った。

無防備な夏

私は砂の上にうつ伏せに寝てみた。熱い……これは太陽の熱。地球と太陽がどれだけ離れているか知らないけれど、とにかく宇宙空間を通過してその砂に、そして私に熱を伝えている。今まで何の意識もせずに触れてきたもの。その中には私の見落としていたとてつもない何かがある。

Chapter 6

とにかく私たちは南の孤島で夏休みの子供みたいになってしまった。
こんなことって、素のままの自分になれるってそうそうないよね。無防備でいられることの幸せを心から感じられるなんて。

東側の窓からもれてくる光の強さで天気がわかる。季節が変わったこともわかる。やっぱり明るさが違うから。春の光は少し熱を帯び、夏の光は力強さにあふれている。

「さよなら」の合図

もうすぐ夏が終わる。目を閉じると、通りすぎていった夏の不良たちが、投げキッスをしながらまぶたの裏を横切っていった。

Chapter 6

大人になって知ったこと

十九歳の頃、私は夏のほとんどの時間を海で過ごした。あの頃の私は、幸せが退屈に似ているなんて知らなかった。

しあわせな錯覚

なぜ今まで気づかずにいたのだろう。なぜ時間は過ぎ去っていくものだということを早くにキャッチしなかったのか。夏が永遠に続きそうに感じるのに似て、若いということに甘えきっていたのだ。ありのままの自分でいられる時間と場所がいつまでも目の前にあると錯覚していたのだ。

Chapter 6

死ぬのにもってこいの日

中学一年の夏。カナヅチの私は次の日の遠泳本番に向けて「遺書」を書いた。絶対に死ぬと思った。レコードはお墓に埋めてくれとか、実は本棚の裏にお年玉が隠してあるとか、そんなことを書いた。

その日はめちゃくちゃに晴れていた。すっかり死ぬ気だから食欲のない私に、担任の先生は朝食に出た赤いタコの形をしたウインナーを無理やり食べさせた。

Chapter 6

過去・現在・未来

大人になっていくということが、輝きを失っていくということだとは思わない。だけど、いつかこの瞬間を思い出すときがくるのだと思うと、無性にすべてが愛しく感じられてどうしようもなくなるのだ。

過ぎ去っていく時間に人が哀惜《あいせき》の想いを抱くように、私は去ろうとしているこの場所、人々のことを思うとたまらなく淋しい。すべてを体と心に刻みつけたいのに、今この瞬間のすみずみの美しさにとても追いつかない。

怖いもの知らずの頃

大人になってからわかることがたくさんある。
自分の若さゆえの小さな残酷を思い出すと、
胸が騒いで泣きたくなる。
戻れない時間が多くなればなるほど、
その時代に対する想いのようなものが
せつなくふくらんでくる。

Chapter 6

頑張れるコツ

願い事を思いつかないよりも、欲張りなほど願いをかけたほうがいい。そうすればきっと行動を起こすから。願い事があるだけがんばって生きるから。

誰かが待っているから、その場所へ行ける。そして誰かがやってくるから、その場所で待っていられる。人はやっぱりひとりでは生きてはいけないのだ。

美しい別名

想い出は淋しさの別の名前。
淋しさと呼ぶには淋しすぎるから、人はそれを想い出
と呼ぶのだろう。

Chapter 6

ないものねだり

失ったものは、失ったというだけで懐かしく愛しい存在になる。今ここにないものは輝いて見える。

人生の最先端

祭はいつか終わる。いつかみんな別れてゆく。この瞬間にはそれぞれが自分たちの人生の最先端にいる。振り返ればそこには過去という道ができているけれど、ここから先はない。

それは、これから今という瞬間をつなぎあわせて作っていく未来なのだ。

Chapter 6

山積みの忘れ物

通りすぎてしまった出来事。言い残した言葉。やり残したこと。振り返ればそんなものが山積みになっている。もう過去へは戻れないんだからといって、私たちはそれらをすべて置き去りにするけれど、置き去りにすることにほんとうにOKを出しているだろうか。

変わらずそこにあるもの

自然はオーケストラ
静寂の中で響きあうシンフォニー
美しく完璧なハーモニーを奏でる

この空も
この草原も
ずっと　いつも変わらない
変わったように感じるのは
それを見ている人の心

思い出は、とてもいいものです。思いだすことが多いのはとても豊かなことだし、数少なくても忘れられない思い出は珠玉の如《ごと》くです。いい思い出もあれば、思いだしたくない思い出もある。いい思い出を語るのは簡単。時間が経ち遠く離れれば離れるほど懐かしく美しく思える。今ここにないからこそ輝いている……そんな出来事は、私たちの中で物語となり生き続けるのです。

けれど、思いだしたくない思い出について語るのは勇気のいること。それを思い出と呼ぶのかどうかわかりませんが、自分の中で忘れられないことだとしたら、いつの時点でか決着をつけなければならない日が来るはずです。

たとえば憎しみを憎しみのまま持ち続けるのは、とてもエネルギーのいること。嫌な出来事に何の意味も見いださずに

Chapter 6

その感情のままでいるのは、まさに消耗なのです。

時間が解決してくれることもあります。ある日、すとんと胸のつかえが落ちるように気が楽になることもあります。夢が解決してくれることもあります。

もう十年以上前に、ある人によってとても嫌な思いをしたことがあります。その出来事は心の中でしこりとなり、思いだしてはまた嫌な気持ちになるのです。ある日、その人がとても悲しそうな顔をして夢に出てきました。そのとき、私はその人も悲しんだのだということを悟りました。そして心のしこりが取れたのです。私はやっとその出来事を人生の一部として受け入れることができました。

いい思い出もそうではない思い出も、人生を豊かにしてくれる大切な友達だということを知ったのです。

Chapter 7

見落としていた、こんなすごい幸せ

寝ころんで空を見よう
芝生のちくちくなんて気にせずに
ＵＶがこわいなんて考えずに

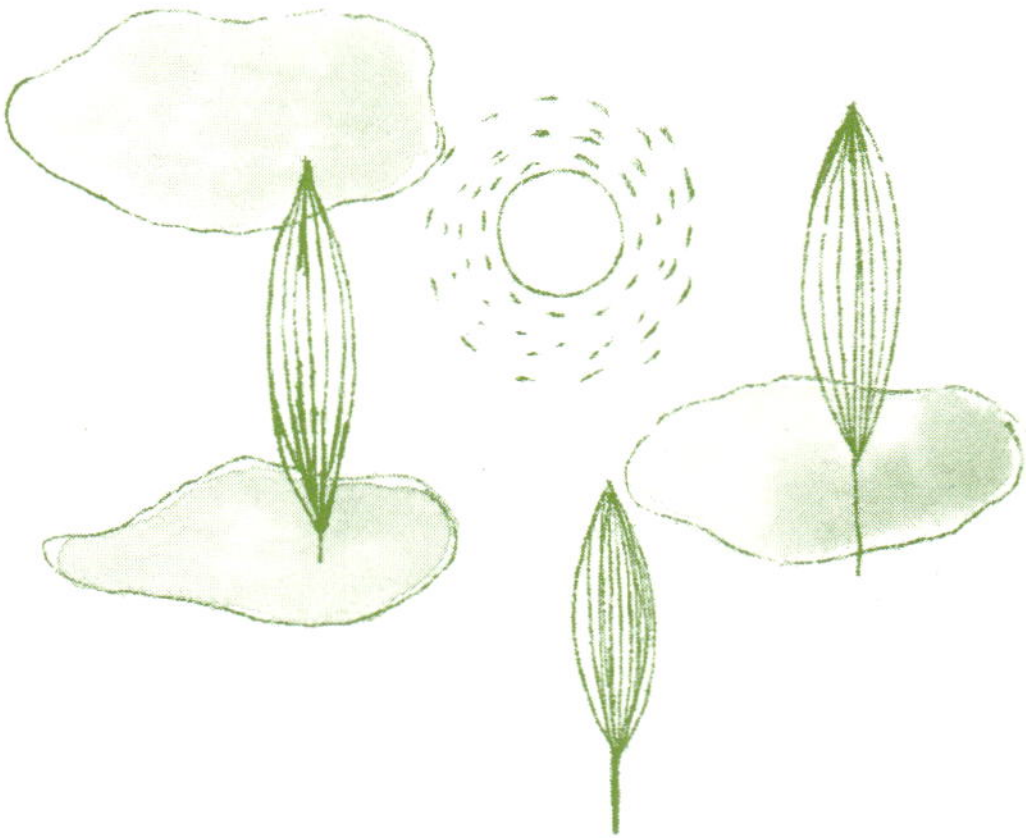

気づいてる？

こうしてこの場所で、もう二度と繰り返されることのないこの〝瞬間〟に、家族ですきやきを食べられることの幸福。味が甘かった、薄かったというたわいもない話。隣の猫が子供を生んだというどうでもいい話。甘い湯気に包まれるこの瞬間。確実にいつの日か二度と会えなくなる私たち。気づいてよかった。ほんとうにいま気づいてよかった。

力をくれる〝一瞬〟

たとえばどんなに悩んでいても、たとえば何かにショックを受けて茫然《ぼうぜん》と街を歩いていても、ふと風に乗ってきた香りに心が一瞬ぐらついてしまう。

（みたらし団子、どっかで焼いてる。）

香ばしいお醤油の香りに、哲学していたことも、茫然としていたことも、頭から一瞬姿を消す。ああ、また生きていけそう。こんな瞬間に、私は自分の生命力を感じている。こんな瞬間に復活してしまう自分が大好き。

Chapter 7

聖なる声

「元気がなくなったら海の中に入るといいよ。宇宙のエネルギーがどんどん入ってくる。自分のことがわからなくなったら森に行くといい。静かに目を閉じていると、心の中の声が聞こえてくるよ……」

「ほら、太陽が沈んでいくわ。そして十二時間もしないうちに今度は朝陽となって昇ってくるのよ。毎日毎日その繰り返し。すごいわね」

それぞれの銀河

ベッドに入って眠りの訪れを待つとき、
私はいつも滔々《とうとう》と流れる大河を思う。
たとえばそれは、宇宙が誕生してからずっと永遠へと
流れゆく時間の河。
私はその一点で生まれて、いつか未来の一点で消えて
ゆく。

誰かを愛して、誰かに愛されて、
悲しんで、喜んで、涙を流して、笑いながら。
私が生きたことはいつか忘れられていくけれど、
確かにこの時代の輝ける命であった印を残していこう。
銀河のほとりの、名前も知らない星の瞬《また》きのように。

ちっぽけでも重いもの

もしも、あれらの星のどれかに何かが住んでいて、こちらを見ていたとしても、私のいるこの星を見つけることはできないだろう。自分自身は、そんな広大すぎる宇宙の星屑にも満たない存在なのに、人生はなぜこんなに重いのだろうか。

Chapter 7

思いどおりにならない心

すべては降り積もる時間に埋もれ、そして忘れられてゆく。うれしかったこと、悲しかったこと。すべての出来事は宇宙の無限の時間の中で一瞬のうちに通りすぎてゆく。

すべては忘れられてしまうことなのに、何と悲しみは深いことだろう。

感動の素

自分より大きな何かに出会いたい。それは目に見えないものかもしれないし、誰か尊敬する人かもしれない。自然だって私が出会いたい大きなもののひとつ。ある日、南の海を眺めていたときに、突然クジラがジャンプするのを目撃したことも……。その瞬間の感激と、胸が熱くなる思いは、きっと私を励ましつづけるんじゃないかと思う。

「いつまでも、こうしていたい」

土に触れてみよう
あたたかく湿ったような感触が懐しく
何だか誰かの肌に触れているようで
いつまでも　いつまでも
こうしていたい気持ち
わけもなく　わけもなく
涙がこぼれそうになる感じ
過ぎ去った時間《とき》の扉を次々と開けて
心にぐんぐんこみあげてきたのは
ただあたたかく　ただやさしく
愛されていた幼い頃の記憶

Chapter 7

忘れられた森の女王

不思議な声を聞きました。
遠い北の国の、ずっと果ての森の中でのことです。
誘い込まれるように声についていきました。
月の光が闇に溶け込んでいくように流れる旋律は
ほの冷たい、白い哀しみによく似ています。

その声はあちらの梢から聞こえたかと思うと
今度はこちらの木の上から聞こえました。
ついていってはいけない。
これ以上、この森の奥へ入ってはいけない。

私の心のずっとずっと深い場所に住む誰かが
耳許でささやいていました。
背中が凍りつくような感じがして
踵《きびす》を返すと早足で帰り道を急ぎました。
あのほの冷たく白い旋律が
私の背中を包みこむように流れていました。
振り向いたらいけない
振り向いたらいけないと
何度もつぶやきながら
何度も振り返りたくなりました。
何だか怖さとともに哀しい気持ちになり
私はその声に
〝忘れられた森の女王〟という名前をつけました。

Chapter 7

哀しいのは傷つけられることよりも
誰からも忘れられてしまうことですから。
これはほんとうにあった話。
ほんとうの話なんですよ。

いつもそばに感じてる

風の中に
鳥の声の中に
流れる水の音の中に
あなたの声を聞いた

寄り添い咲く花に
小指の爪ほどの小さな花に
あなたの微笑みを見た

頬に触れる柳の葉に
寝ころんだ濡れた草の上に

Chapter 7

あなたのぬくもりを感じた
こんなふうに、あなたはいつもそばにいる
どこにいても、あなたはいつも私のそばにいるの

幸せなことよりも、不幸せなことを見つけやすいのはどうしてなのでしょう。自分が持っているものの豊かさよりも、持っていないものをつい数え上げてしまう。何かを手に入れたいと頑張るためのきっかけにはなるけれど、これではどこか自信がなくなって足元がぐらついてしまうことがあります。

たとえば、けんかばかりするようになってしまった恋人。気に入らないところばかりに目がいって、最初に感じていた素敵なところは隅に追いやられている。けれど、もしもその恋人がいなくなったらどう思うでしょう？　淋しくなるに決まっています。

男と女が恋人としてつきあっていく間にはいろいろなことがある。けれど「あなたがいてくれてうれしい」というのが、本当にシンプルな、だけどいちばん大切な幸せではないかな、と思うのです。

恋人に限ったことではなく、家族でも友達でも、世界中にいる大勢の人の中で出逢えたことは、実は奇跡的なことではないかと思えてなりません。以前、「近すぎて見えない奇跡があるね」と杏里の『サマー・キャンドルズ』という歌に書きました。その思いは今も変わりません。むしろ年月を経て、いろいろな人に出逢ってその思いを強くするばかりです。

近すぎて見えない幸せがある。それに気づきはじめると、気持ちが豊かになり、自分はひとりだけで生きているのではないんだ、という実感がわいてくるのです。誰かに支えられているように、自分も誰かを支えている存在だということに気づくと、それまで数え上げていた〝不幸せ〟なんて小さなことに思えてくるのです。

Chapter 8

新しいドラマのはじまり

神様のメッセンジャー

いのちはどこからやってくるのだろうと、ときどき考える。死と生の間に、私たちの魂はどこでどのくらいの時間をどんなふうに過ごすのだろう。

つらいことがあるとふと思う。ああ、神様の庭に流れる銀河のほとりですやすやと眠ってしまいたい。痛みが過ぎ去るまで冬眠していたい。ほんとの私は怠け者。眠

Chapter 8

ることばかり考えてしまう。

　神様の膝の上で神様の話に耳を傾け、あたたかく大きな手に触れ、愛され慈《いつく》しまれ、銀河のほとりを栖《すみか》として。そして次のいのちの仕度《したく》ができた魂は、まるで木の葉から美しい雫《しずく》がこぼれ落ちるように銀河を離れるのだ。

　だから、生まれたばかりの子供は神様にいちばん近い。だから子供は大人の先生。大きくなっていくということは、神様の心から少しずつ離れていくこと。心に余計な荷物をしょってしまうこと。そして神様から離れていく分だけ、学ぶことが多くなるということ。

Chapter 8

七歳の哲学者

男の子が生まれると思う？
女の子が生まれると思う？
ゆかちゃんは不思議そうな顔をして小首を傾げた。
男とか女とか気にすることないよ。
だって同じ人間だもの。
そうね、そうだよね。
気にしている私が愚かでした。
七歳の子供は、まだまだ神様に近い。

二本の木

ねぇ！　こんなに生きてるの！　と
空にそびえる大きな木も
風が吹いたらしなってしまう若い木も
ふたつのいのちは同じ重さ
優しい土に根を張って
ぐんぐん水を吸い上げる
両手を広げるように枝を広げ
太陽の光を浴びている
ふたつのいのちは同じ重さ
私のいのちと同じ重さ

毎日が誕生日

おめでとう！
生まれたばかりの太陽！
じりじりと静かに燃えながら
今日の太陽が昇ってきました
地平線を赤く染め
花や木に命を与え
私たちを光で包み
それはひとつの生命の誕生のドラマを見ているようで
毎日繰り返されている、それだけでドラマで
すごい！　すごい！　と声をあげてしまいました

Chapter 8

おめでとう！
生まれたばかりの太陽！
おめでとう！
生まれたばかりのいのち！

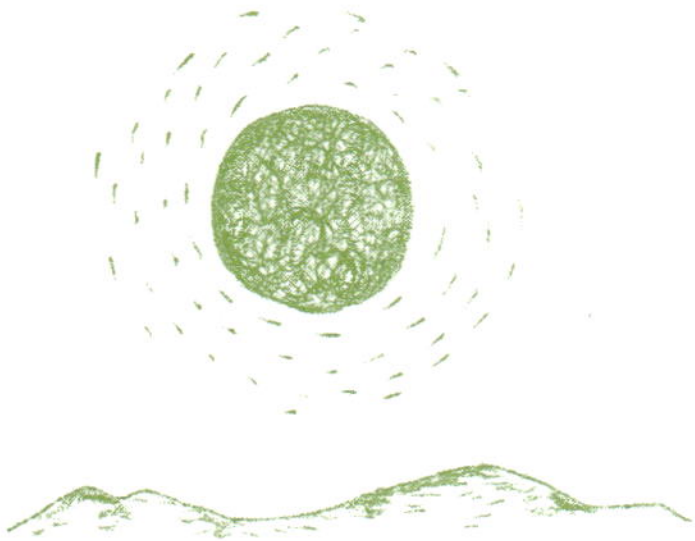

私の〝片割れ〟

あなたは今、何をしていますか？
お風呂に入ってテレビでも見てる？
ちゃんと私を探し出すこと
忘れないでね

あなたは今、恋をしているのですか？
どんな人を想い　胸を痛めてますか？
ちょっと先の未来に私がいること
忘れないでね

Chapter 8

魂がこの肉体に飛び込んで
私という人間になった日から
私はあなたを探しています
あなたも私を探しているのでしょう?
何年も　何十年も
そのことに気づくずっと前から

それは生まれる前からの約束

あなたは今、どんな夢を見ていますか?
愛する誰かを抱きしめてる?
それが私だということを忘れないでね

エンジェルの羽

お風呂上がり
きえちゃんの体をバスタオルで拭いていたときのこと
小さな肩甲骨をぐりぐり触りながら言いました

いつも笑っていたり
いつも楽しくしていたり
いい子にしていると
ここからエンジェルの羽が生えてくるんだよ

えー!　ほんとー?

Chapter 8

きえちゃんはびっくりしたように
ぱっと明るい顔になりました
それから少しくもった顔をして

ゆみちゃんはまだ羽が生えてないね

だって。

生えるわけないよね
私、うそつきだもの

生があるから死がある。はじまりがあるから終わりがある。いさぎよくてわかりやすい。唯物論的に考えるとそのような法則が成り立つのかもしれませんが、それではあまりにもあっけない。死があるから生があり、さよならがあるから新しい出逢いがある。こう考えると、私たちは永遠の連続性の上に存在しているのではないかと思うのです。

それは、私という人間が死んでしまえば、〝私〟という存在が宇宙のどこからも消えてしまうという考え方に違和感を抱いたことからはじまりました。遠い過去に私という存在が違う人生を歩んでいたかどうかということはともかく、少なくとも私の〝核〟になっている何ものかは、この肉体がなくなってからも存在しているような気がしてならないのです。

愛する人と別れるのは本当につらい。それが誰であっても、

Chapter 8

どんな形で別れることになっても、身を切られるようにつらいものです。筆舌に尽くし難い……それは、味わったことのある人にしかわかりえない感情です。

けれど私たちが連続性の上に存在しているとしたら、その別れがあってこそ、新しい何かがどこかで生まれるのです。これは私をとても励まします。新しい何かは、いつも希望に満ちているから。新しい恋、新しい命、新しい仕事、新しい友達……。

ある恋が終わったとき、「ああ、これで生まれ変われる」と思いました。自分の強い生命力を感じずにはいられなかった。終わってもそれは終わりではない。思いきり泣いて、思いきり悲しみを味わったからこそはじまるものもあるのです。人は生きている間に何度でも生まれ変われるのですから。

本書は、立風書房より刊行された『ラヴレター』を、
文庫収録にあたり加筆、再編集、改題したものです。

ひとり、思《おも》いきり泣《な》ける言葉《ことば》

著者　吉元由美（よしもと・ゆみ）

発行者　押鐘冨士雄

発行所　株式会社三笠書房

〒112-0004 東京都文京区後楽1-4-14

電話　03-3814-1161（営業部）03-3814-1181（編集部）

振替　00130-8-22096　http://www.mikasashobo.co.jp

印刷　誠宏印刷

製本　宮田製本

©Yumi Yoshimoto　Printed in Japan　ISBN4-8379-6025-1　C0195

落丁・乱丁本は当社営業部宛にお送りください。お取替えいたします。

定価・発行日はカバーに表示してあります。

王様文庫